BELLES AVENTURES

Les Trois Mousquetaires

illustré par Van Gool

Par un matin de printemps 1625, un jeune cavalier faisait son entrée dans Paris. Il avait belle allure avec son grand chapeau à panache et ses fines moustaches. Mais les passants riaient beaucoup en voyant son cheval : une vieille rosse à robe jaune. L'un d'eux s'en moqua ouvertement : « C'est-t'y qu'il aurait la jaunisse ton canasson ? » Fier, le jeune homme passa son chemin sans même le regarder.

Il se rendit directement chez M. de Tréville, capitaine des mousquetaires du roi. « Je suis d'Artagnan, déclara-t-il. J'arrive de ma Gascogne natale pour vous servir, messire. » « J'ai bien connu votre père, dit M. de Tréville, et j'ai tout lieu de penser que vous êtes brave comme lui... Seulement, jeune homme, avant d'être mousquetaire, il va falloir que vous fassiez vos preuves ! »

D'Artagnan eut tout de suite l'occasion de montrer son savoir-faire et son courage : alors qu'il avait rendez-vous avec les trois meilleurs mousquetaires du roi, il les trouva en plein combat. Dégainant aussitôt son épée, il leur prêta main-forte. Pas question de tuer ni même de blesser quiconque, juste de donner une bonne leçon : leurs adversaires n'étaient autres que les gardes du cardinal de Richelieu, ministre du roi !

Richelieu avait ses propres gardes. Ils ne manquaient jamais de se mesurer aux mousquetaires qu'ils détestaient. Cette fois, ils furent mis en déroute, et en un temps record ! «Grâce à vous, monsieur ! reconnurent les mousquetaires en se tournant vers d'Artagnan. À qui avons-nous l'honneur ?» D'Artagnan dit son nom. Puis les mousquetaires se présentèrent : Athos, le grand seigneur mystérieux, Porthos, le géant fort en gueule, et Aramis, le rusé.

M. de Tréville rapporta l'exploit de ses hommes à Louis XIII.
Le roi était ravi de ce rappel à l'ordre indirectement donné
à son ministre, Richelieu, qu'il n'aimait guère. Il tint à
féliciter lui-même les mousquetaires. «Vous m'aviez parlé
de trois, s'étonna-t-il, ils sont quatre !» «Pas encore,
Majesté, dit M. de Tréville, d'Artagnan n'est arrivé qu'hier.
Certes, il vient de prouver qu'il savait se battre, mais il en
faut d'avantage pour faire un mousquetaire !»

Pour faire un mousquetaire, il faut qu'il soit courageux mais aussi… qu'il soit amoureux ! D'Artagnan le fut vite. L'élue s'appelait Constance, elle était lingère de la reine, qui lui faisait parfois des confidences. Un jour, Constance raconta à d'Artagnan : «Le cardinal de Richelieu déteste la reine. Il n'a qu'un désir : voir le roi la répudier. Et il est prêt aux pires complots pour la salir !» Elle ne croyait pas si bien dire…

Au même moment, Richelieu recevait des espions qu'il avait dépêchés en Angleterre : sachant le duc de Buckingham amoureux de la reine, il soupçonnait celle-ci de s'être compromise... «Son Éminence a vu juste, lui déclara Rochefort, le chef des espions : la reine a donné à Buckingham les douze ferrets de diamant que le roi lui avait offerts.» «Parfait ! s'exclama Richelieu. Cette fois, je la tiens ! Va trouver Milady, c'est à elle de jouer désormais...»

Milady de Winter était une femme ravissante. Aucun homme ne lui résistait. Mais c'était aussi «une redoutable intrigante qu'il fallait fuir comme la peste». C'est ainsi qu'Athos en parlait. Il semblait en savoir beaucoup plus, mais dès qu'on l'interrogeait, il se fermait, comme s'il gardait un douloureux secret… Toujours est-il que Rochefort alla trouver la belle. «Préparez-vous, madame, lui dit-il, il faut que vous soyez à Londres au plus vite…»

Le lendemain, Constance faisait irruption chez d'Artagnan. Elle semblait bouleversée. «Ça y est, dit-elle, Richelieu va frapper ! Il a convaincu le roi de donner dans dix jours un grand bal où la reine devra porter les douze ferrets de diamant qu'il lui a offerts. Or elle m'a avoué que ces diamants sont à Londres, chez Buckingham ! Si toi et tes amis n'agissez pas immédiatement, elle est perdue !»

Bien qu'il ne fût pas encore mousquetaire, en tant que premier informé, c'est d'Artagnan qui prit la direction des opérations. «Voici mon plan, déclara-t-il : nous partons à Londres sur le champ, mais chacun par des routes différentes. Nous aurons quatre fois plus de chances d'échapper aux embuscades que les espions du cardinal ne manqueront pas de nous tendre !» Puis, à l'adresse de son valet : «Toi, Planchet, cours harnacher mon cheval !»

D'Artagnan arriva le premier chez Buckingham. Hélas,
Milady l'avait précédé ! Quand le duc prit les ferrets, il en
manquait deux ! « Milady est une espionne, dit d'Artagnan,
l'avez-vous reçue chez vous ? » « C'est aussi une fort jolie
femme, soupira le duc. Je l'ai reçue, je l'avoue. » « Et elle
vous a volé ! » conclut d'Artagnan. « Une seule solution :
refaire immédiatement les deux ferrets manquants ! »

Le bijoutier du duc achevait ce travail délicat lorsque les mousquetaires rejoignirent enfin d'Artagnan. Ils ne furent pas fâchés de le voir : tous les trois étaient tombés dans des embuscades. Sans lui, leur pari était perdu ! «Il est loin d'être gagné, dit d'Artagnan en enfourchant son cheval. Le bal a lieu mercredi soir. Nous n'avons que trois jours pour rentrer à Paris !» L'instant d'après, les quatre montures fonçaient au grand galop...

Quelle angoisse pour la reine ! Le mercredi à l'heure du bal, les mousquetaires n'avaient toujours pas reparu avec ses ferrets ! Plusieurs fois, le roi lui fit dire qu'on l'attendait. Plusieurs fois, elle lui fit répondre qu'elle arrivait… Enfin Constance surgit : «Mission accomplie !» souffla-t-elle en montrant le précieux écrin. «Tu me sauves !» s'écria la reine. «Oh ! je n'y suis pour rien, madame, répondit Constance, c'est d'Artagnan qui a tout fait !»

L'instant d'après, la reine apparaissait devant la cour aux côtés du roi, et tout le monde pouvait admirer les magnifiques ferrets de diamant qui ornaient sa poitrine. Richelieu était furieux. Déjà ses espions lui avaient appris le rôle de Constance dans cette affaire. Faute de pouvoir s'en prendre aux mousquetaires du roi, il décida de se venger sur elle.

Au lieu de l'abattre, la douleur aiguillonna d'Artagnan : «Je ne mettrai pas pied à terre avant d'avoir retrouvé Milady !» lança-t-il. «Nous de même !» s'écrièrent d'une seule voix ses amis. Et c'est ainsi qu'ils galopèrent toute la nuit sous l'orage. Au petit matin, ils surprenaient l'espionne dans son repaire ! Elle protesta, mais Athos, devançant d'Artagnan, la saisit aux épaules ! Athos, le digne, le mystérieux Athos, déchira rageusement le haut de sa robe !